Arena-Taschenbuch
Band 51097

Christoph Marzi / Monika Parciak

Gespensterfenster

Als Jonah dem Gespenstermädchen Mia begegnet, ahnt er, dass sie etwas mit dem geheimnisvollen Nachbarhaus zu tun hat, das Jonah von seinem Zimmer aus so gut beobachten kann. Und ehe Jonah sichs versieht, ist er gemeinsam mit Mia auf dem Weg zu dem alten Gemäuer – um es mit den gruseligsten, verrücktesten und furchteinflößendsten Gestalten aufzunehmen, denen er je begegnet ist.

Arena
104 Seiten • Arena-Taschenbuch
Durchgehend farbig
ISBN 978-3-401-51076-7
www.arena-verlag.de

Ebenfalls von Christoph Marzi und Monika Parciak im Arena-Taschenbuch erschienen:
Gespensterfenster

Christoph Marzi

Helena und die Ratten in den Schatten

Farbig illustriert
von Monika Parciak

MIX
Papier aus verantwortungsvollen Quellen
FSC® C110508

1. Auflage im Arena-Taschenbuch 2018

Einband und Illustrationen: Monika Parciak
Layout/Satz: Katja Reinhardt
Umschlagtypografie: KCS GmbH · Verlagsservice & Medienproduktion, Stelle/Hamburg
Gesamtherstellung: Westermann Druck Zwickau GmbH
ISSN 0518-4002
ISBN 978-3-401-51097-2

Besuche uns unter:
www.arena-verlag.de
www.twitter.com/arenaverlag
www.facebook.com/arenaverlagfans

Für

Lucia und Stella

An ihrem ersten Tag in der neuen Schule hörte Helena auch zum ersten Mal von den Ratten.

Sie wohnte noch nicht lange in der Stadt und da, wo sie bisher gelebt hatte, war nie über die Ratten gesprochen worden.

Doch diese Stadt war anders. Sie war nicht sehr groß, aber auch nicht sehr klein. Es gab viele Häuser aus Holz und die meisten von ihnen besaßen schiefe Dächer. Weiße Zäune säumten die Straßen wie spitze Zähne. Am Bahnhof stand ein großer Wassertank für die Lokomotiven, die es schon lange nicht mehr gab, und im Park war ein Teich, auf dem fünf Enten schwammen.

Es gab viele Hecken und Büsche. Sie wuchsen dort, wo die Rasen endeten. Und hohe Bäume, ja, die gab es auch.
Wenn die Sonne niedrig
stand, dann zogen
lange
Schatten
über die
Stadt.

»Du **musst** vorsichtig sein«, schärften ihr die anderen Kinder in der Schule ein.
»Ich **bin** vorsichtig«, antwortete Helena.

»Du hast ja **keine** Ahnung.«
»Warum sollte ich denn vorsichtig sein?«, hakte sie neugierig nach.

Alle schauten sie an, als habe sie etwas ganz und gar Dummes gesagt.

»Wegen der Ratten«, sagte Ralph, der immer nur flüsterte, ganz leise. »Da sind Ratten in den Schatten.«

So fing es an.

Von da an hörte Helena immer wieder von den Ratten, sogar im Unterricht.

»Da sind Wesen«, flüsterte Jennifer, das Mädchen mit den Zöpfen und dem rosa Prinzessinnen-T-Shirt. »Sie leben im Dunkeln und sind selbst ganz dunkel. Nur ihre Augen leuchten. Und ihre Zähne.«

»In den Schatten leben Ratten«, stellte Kenny, dem immer Krümel am Mund klebten, fest. »Sie stehlen das Licht aus den Lampen. Deswegen leuchten ihre Augen im Dunkeln.«

»Was kann man gegen sie tun?«, fragte Helena und hielt nach den Schatten Ausschau.

»Du darfst **niemals** in die Schatten gehen«, warnte sie die Lehrerin mit der seltsamen Frisur, die eigentlich etwas übers Lesen und Schreiben hätte sagen sollen. »Wenn du in die Schatten gehst, dann holen sie **dich.**«

»Sie?«
»Die Ratten in den Schatten!«
»Sind sie denn böse?«
Schnell wischte die Lehrerin Sätze wie »Dieser Hund beißt nicht« und »Ich möchte den Papagei gerne umtauschen« von der Tafel. »Alles, was in den Schatten lebt«, sagte sie, **»ist böse.«**

Helena jedenfalls nickte furchtsam. Sie beschloss, niemals in die Schatten zu gehen. Sicher ist sicher.

Mit der Zeit jedoch gewöhnte sich Helena an die Geschichten. Und weil die Kinder, die ihr von den Ratten erzählten, auch von Monstern, Geistern und Mutanten erzählten, machte sie sich irgendwann keine Gedanken mehr über die Ratten.

Bis zu jener Nacht.

Der Nacht,

in der sich alles änderte.

Helena lag in ihrem Bett und sah, wie durch und durch dunkel es in ihrem Zimmer war. Draußen wehte der Wind. Es war Sommer. Die Wipfel der Bäume bewegten sich und die Äste kratzten ans Haus. Helena konnte sie hören.

Das Haus, in dem sie jetzt lebte, war ein großes Haus mit vielen langen Korridoren, großen Zimmern und tiefen Treppenhäusern. Unten im Keller und oben auf dem Dachboden standen unzählige Kisten voller Sachen herum und dazwischen waren Dinge, die niemand mehr brauchte. Helena war schon oft dort hinunter- und hinaufgegangen, als sie gerade ins Haus eingezogen waren. Sie hatte in die Kisten geschaut – die Kisten voller Sachen zwischen den Dingen, die niemand mehr brauchte.

In einer der Kisten hatte sie Chico gefunden.

Er war ganz staubig gewesen. Er trug eine rote Latzhose und hatte braunes Fell und schwarze Knopfaugen mit weißen Rändern. Chico war ein Stoffäffchen mit abstehenden Ohren, die beide ganz weich waren, wenn man sie an die Nase hielt.

Als Helena das Stoffäffchen fand, wusste sie jedenfalls, dass sie nicht mehr allein war in der neuen Stadt.

Und Chico wurde ihr **bester** Freund. Sie ging **nie** ohne ihn aus dem Haus. Sie schlief **nie** ohne ihn ein. Sie stand **niemals** ohne ihn auf. Und sie konnte **nicht** träumen, wenn er nicht bei ihr war.

Sie liebte Chico wie einen Bruder. Und Chico, das Stoffäffchen, liebte Helena wie eine Stoffäffchenschwester.

Als Helena in dieser Nacht die Augen öffnete, da hatte sie nicht geträumt. Deswegen war sie auch aufgewacht.

Sie

hatte

nicht

geträumt,

weil ihr Stoffäffchen nicht bei ihr war.

Sie schaute zum Fenster, das leicht geöffnet war. Chico saß auf dem Fensterbrett. Helena musste ihn dort **vergessen** haben. Er saß zwischen den Pflanzen. Das matte Sternenlicht spiegelte sich in seinen Knopfaugen.

Ja – Helena hatte in dem Buch mit den Goldfischen gelesen und war eingeschlafen. Chico hatte am Fenster gesessen, weil er Sonnenuntergänge mochte. Und den Sonnenuntergang sah man am besten vom Fensterbrett aus.

Helena stand l a n g s a m auf. Die Dielen knarrten, als ihre nackten Füße sie berührten.

Dann kam ein Windstoß. Das Stoffäffchen auf dem Fensterbrett wackelte und schaukelte und strauchelte.

Oooooh, nein!

Helena schrie auf. Es war nur ein leiser Schrei. Verzweifelt und ganz schwach.

Chico fiel aus dem Fenster. Dorthin, wo es stockdunkel war.

Helena rannte zum Fenster. »Chico!«, rief sie. Doch das Stoffäffchen antwortete nicht.

Alles war still.

Das war der Augenblick, in dem ihr die Geschichten wieder einfielen.

Helena schaute mitten in die Nacht hinein; dorthin, wo sie am dunkelsten war. Sie mochte die Nacht nicht. Die Nacht war wie die Schatten, nur viel, viel schwärzer. Und vor den Schatten, das sagten alle, musste man sich in Acht nehmen.

Meine Güte! Chico war in die Schatten gefallen; dorthin, wo die Nacht am dunkelsten war.

Was sollte sie nur tun?

Zuerst einmal suchte sie den Lichtschalter, und als sie ihn gefunden hatte, da knipste sie das Licht an. Sofort floh die Nacht aus dem Zimmer.

Helena ging zum Fenster. Draußen waren noch immer viele Schatten. Die Äste des Baumes sahen böse aus.

Sie seufzte, weil sie wusste, dass niemand ihr helfen würde.

Ihre Mutter machte Yoga und wollte dabei nicht gestört werden.

Ihr Vater kämpfte gegen Deadline-Monster und keiner durfte ihn von der Arbeit ablenken.

Helenas große Schwester Catharina telefonierte heimlich mit Jungs und hasste es, wenn jemand in ihr Zimmer kam.

Und Helenas andere Schwester Maria war noch so klein, dass sie nur Dinge wie »Noo Noo« (Schnuller) und »Wah Wah« (alles andere) sagen konnte.

Helena seufzte abermals. Es gab keinen anderen Weg. Sie musste selbst nach draußen gehen.

»Tu das nicht«, warnte die Schildkröte, die in einem großen Glaskasten im Treppenhaus unter der Dachschräge lebte. »Da sind Ratten in den Schatten. Sie haben spitze Zähne und leuchtende Augen.«

»Ich muss es aber tun«, sagte Helena. »Chico ist mein Freund. Er ist ein Stoffäffchen und fürchtet sich bestimmt in den Schatten.«

Die Schildkröte, die nachts, wenn es kälter war, etwas langsamer im Kopf wurde, überlegte noch, als Helena schon die Treppe hinablief.

Die Stufen knarrten und der Wind wehte draußen ums Haus. Es war ein kühler Sommer und es regnete oft.

Helena hatte alle Lichter im Treppenhaus angeknipst und die Schatten trieben sich jetzt nur in den Ecken herum.

Jetzt dachte Helena unentwegt an all die Geschichten, die sie gehört hatte. Die Geschichten von den Ratten in den Schatten. Jetzt bekam sie es mit der **Angst** zu tun.

Denn immer noch war tiefste schwärzeste Nacht.

Was, wenn die Geschichten doch wahr waren? Was dann?

»Sie haben den kleinen Timmie geschnappt, als er im Keller Kartoffeln holen sollte.« Das hatte Mrs Wimmerforce erzählt, als sie Helena Schokolade verkauft hatte. »Er ist in die Schatten gegangen und – **weg war** er.« Mrs Wimmerforce trug eine Brille mit dicken Gläsern und durch die hatte sie Helena angestarrt. »Da sind Ratten in den Schatten. Sie *sind* **gefährlich.**«

Helena hatte nur **Ja! Ja! Ja!** gedacht.

Einmal hatte der Zeitungsjunge die Zeitung in die Hecken neben der Auffahrt geworfen, mitten in die Schatten. Und die Zeitung war verschwunden.
»Das sind *die Ratten* gewesen«, hatte Helenas Vater festgestellt, »die Ratten *in* den Schatten.« Dann hatte er gegrinst.

Helena hatte das **nicht** lustig gefunden. **Chico** auch nicht.

Der Mann, der das Klavier stimmte, damit die Tasten schönere Töne machten, klopfte immer auf das Holz, bevor er das Klavier aufklappte. »Damit sie verschwinden«, hatte er Helena erklärt. »Sie beißen einem sonst die Finger ab.«
»Wer?«
»Die Ratten in den Schatten!«
»Sind sie denn auch im Klavier?«
Der Klavierstimmermann hatte gesagt:
»Sie sind überall.«

Helena war ernsthaft beunruhigt gewesen.

Sie hatte auch von einer Gruppe Wanderer gehört, die im Wald hinter der Stadt verschwunden war.
»Die Ratten in den Schatten«, tratschten die Leute in der Stadt, »sie haben die Wanderer gehört. Das kommt davon, wenn man in die Schatten geht.«
Seltsam hatte Helena das gefunden.
Gaaaaanz, gaaaaaanz seltsam.

Einmal war in der Stadt der Strom ausgefallen, überall. Als die Lichter wieder angingen, waren alle Kätzchen fort gewesen. Am nächsten Tag stand in der Zeitung folgende Schlagzeile:

»DIE RATTEN IN DEN SCHATTEN – HABEN SIE UNSERE KÄTZCHEN GEFRESSEN?«

Helena war froh gewesen, dass Chico nicht lesen konnte.
Stoffäffchen kriegen nämlich schnell Angst.

Ein andermal war Bradbury, der Hund der Windsors, in der Hundehütte eingeschlafen, als die Nacht kam. Am nächsten Tag fanden die Windsors nur die Hundeleine. »Das waren die Ratten in den Schatten«, erzählten sich die Leute in der Nachbarschaft. »Sie haben Bradbury bestimmt gefressen. Es sind VIELE!«

Helena seufzte.

Es gab noch viel mehr Geschichten von den Ratten in den Schatten. Sie gingen alle ähnlich aus.

Was sollte sie nur tun?

Sie hatte Chico doch so gern. Sie wollte nicht, dass die Ratten in den Schatten ihn schnappten. Deswegen musste sie nach draußen gehen. Dorthin, wo die Nacht am dunkelsten war.

Also ging Helena zu der Kommode neben dem Spiegel in der Diele. Dort war die Taschenlampe, die sie bekommen hatte, als die Zahnfee sie zum ersten Mal besucht hatte.

Sie nahm die Taschenlampe. Und allen Mut zusammen.

Sie ging zur Tür.

Und öffnete sie.

Die Nacht draußen war kühl und da, wo sie am dunkelsten war, noch viel, viel kälter.

Schmale Augen funkelten in der Nacht. Zähne blitzten spitz auf.
Etwas Wuseliges raschelte.

»Ich muss Chico retten«, sagte Helena laut, denn wenn man Dinge laut sagt, dann kann einem die Stille nichts mehr anhaben.

Außerdem, dachte Helena, muss man manchmal mutig sein.

Die Dunkelheit fauchte wie eine tiefschwarze Höhle, in der man sich leicht verirren kann.

Helena schluckte.

Mutig? War SIE mutig?

Sie schluckte noch mal.

Oh ja, Helena war früher schon einmal mutig gewesen. Vergessen hatte sie das nicht. Genau genommen war sie sogar **MEHRMALS** mutig gewesen.

Einmal hatte ihre große Schwester um Hilfe geschrien, weil ihr eine dicke fette Dachbodenspinne ins Haar gefallen war.

»Machdasdingwegmachdasdingwegmachdasdingweg!«, hatte sie durchs ganze Haus geschrien.

Helena hatte die Spinne an den haarigen Beinen gepackt, in ein Glas gesteckt und zwischen den Kisten voller Sachen auf dem Dachboden laufen lassen.

Ein andermal hatte sie sich beim Sturz von der Schaukel, die an dem knorrigen Baum am Bach hing, das Knie verletzt. Mit ihrem Halstuch hatte Helena die Wunde verbunden und gar nicht geweint. Sie hatte einfach weitergespielt und sich wie eine Heldin gefühlt.

Und – ganz ehrlich – wer DAS gemacht hatte, der fürchtete sich doch nicht vor der Nacht?!

Als sie im letzten Winter von Halsschmerzen geplagt wurde, hatte sie freiwillig die bittere Medizin getrunken, obwohl der klebrige Saft grün gestreift und lila gepunktet geschmeckt hatte.

Und bei **Doktor Dodd,** dem hinkenden Zahnarzt mit der Plastikbrille, hatte sie die Augen aufgelassen und die rumpelnden und bohrenden Geräusche ganz genau beobachtet.

Wenn **DAS** nicht mutig war …

Jemand, der **SO WAS** erlebt hatte, der fürchtete sich doch nicht vor den Ratten!

Oder?

Sie dachte wieder an Chico.

Damals, als ihm die Naht am Rücken aufgegangen war, hatte sie ihn ganz allein zusammengeflickt und sich dabei mit der Nadel in den Finger gestochen. Die Nadel hatte ihr in der Haut gesteckt und sie hatte sie selbst herausziehen müssen. Oh, *oh* …

Und als sie aus Versehen die weißen Yogasachen ihrer Mutter zu den schwarzen Schriftstellerklamotten ihres Vaters in die Waschmaschine gesteckt hatte, da war sie nicht feige gewesen und hatte ihrer Mutter gebeichtet, dass sie die Schuldige war (und nicht, wie sie es manchmal behauptete, ihre Schwestern).

Ja, sie war wirklich schon oft mutig gewesen. Also konnte sie es doch jetzt auch wieder sein.

So schwer war das doch **bestimmt nicht!**

Helena sah sich um.

Dachte an Chico.

Trat über die Türschwelle.

GAAAANZ vorsichtig ging sie nach draußen, mitten in den wilden Garten hinein.

Sie zitterte.

Der wilde Garten war riesig. Das große Haus stand eigentlich genau darin. Es gab knorrige Bäume und wilde Hecken und purpurrote Rosenranken und Teiche voller Fische, Frösche und Lurche. Es gab Pflanzen, die groß und grün und stachelig waren, und es gab Blumen, die rot und gelb und lila aussahen und dufteten.

Helena ging den Kiesweg entlang, der ums Haus herumführte.

ritte knirschten unter ihr.

Sie hörte leise Geräusche. Es raschelte und wuselte überall. Da, wo die Taschenlampe nicht hinleuchtete. Helena wusste, wer das war.

»Die Ratten in den Schatten«, flüsterte sie und ging weiter.

In den Hecken sah sie Augen aufblitzen. Wenn das Licht der Taschenlampe sie streifte, dann verschwanden sie.

Wusel, wusel ...

Doch hier und da konnte sie Wesen erkennen, die durch die Nacht streunten.

Ja, Helena ließ sich von der Lampe den Weg leuchten.

Sie sah einen Nachtfalter, dessen Flügel ein schöngraues Muster hatten, und eine Nachtfalterin, der das Muster zu gefallen schien.

Sie stolperte über einen Igel, der sich zusammenrollte und nach Brombeeren in der Sonne roch.

Unter einem Stein raschelte es.

Helena hob ihn hoch und sah Würmer und Asseln und viele andere Tiere mit ganz vielen Beinen. Sie führten einen Tanz auf im Lampenlicht und manche tauchten im Matsch.

Irgendwo in der Luft heulte eine Eule. Sie war nur ein Flattern mit Augen, fern und rund wie der volle Mond.

Und der Marder, der Helena über den Weg lief, trippelte zur Garage zurück, wo er wohl im Motor des alten Autos lebte.

Helena betrachtete den Weg.

Sie ging weiter. Bis sie zu dem Baum kam, der vor dem Fenster ihres Zimmers stand. Dem Fenster, aus dem ihr Stoffäffchen gefallen war.

Sie leuchtete am Boden umher und am Baum hinauf. Die Äste waren wie dürre Arme mit großen Blättern daran.

Dann sah sie Chico.

Er hatte sich in den Ästen verfangen, hoch oben.

»Mist!«, fluchte Helena, die wusste, dass man nicht fluchen sollte.

Der Baum war viel zu hoch. Sie würde nie dort hinaufklettern können.

Außerdem stand der Baum genau da, wo die Nacht noch dunkler wurde.

»Mist!«, fluchte sie erneut – und jetzt fluchte sie richtig laut.

Chico, das Stoffäffchen, sagte nichts.

Chico hatte Angst.

Helena wusste das.

Sie SPÜRTE es.

Das Stoffäffchen war allein und Stoffäffchen fürchten sich eben, wenn sie allein sind. Und sie fürchten sich erst recht, wenn sie dort, wo die Nacht am dunkelsten ist, allein sind.

»Was soll ich nur tun?«, fragte sich Helena.

Sie stand ganz still.

Dachte nach.

Lauschte.

Da!

Sie hörte ein Rascheln, ein Wuseln, ein Fauchen. Sie hörte Trippeln und Trappeln und dann ...

... ging die Taschenlampe plötzlich **aus** und dann ...

… war Helena tief in den Schatten und plötzlich …

… war alles voller

RATTEN!

Helena war ganz überrumpelt. Viel zu überrumpelt, um fortzulaufen.

Sie sah die Ratten an. Und die Ratten sahen Helena an.

Außerdem WUSELTEN sie Helena pelzig über die nackten Füße.

Ihre Zähnchen blitzten und die runden Nasen an der Spitze der spitzen Schnauzen funkelten und die schwarzen Kulleraugen leuchteten. Und sie hatten lange rosa Schwänze, die sich bewegten und aussahen wie Schlangen und Schleichen.

Eine kleine Ratte trat auf Helena zu.
»Wer bist du?«, fragte die kleine Ratte.
»Ich bin Helena«, sagte Helena. »Ich will mein Stoffäffchen retten.«

Die kleine Ratte piepste etwas.

»Und wer bist du?«, fragte Helena die kleine Ratte.
»Ich heiße kleine Ratte«, sagte die kleine Ratte.

Sie piepste noch mal. Es klang wie eine kleine Flöte.

Helena sah, wie eine große Ratte mit ganz glänzendem Fell den Baumstamm hinaufkletterte. Sie sprang von Ast zu Ast, bis sie bei Chico war. Sie löste das Stoffäffchen aus der Umklammerung des Baums.

Chico fiel nach unten. Helena fing ihn auf.

»Danke«, sagte sie zu der großen Ratte mit dem glänzenden Fell.
»Bitte«, sagte die große Ratte zu Helena.
Dann kletterte sie wieder nach unten.

»Ihr seid gar nicht böse«, wunderte sich Helena und sah die kleine Ratte dabei an. Chico drückte sie ganz fest an sich.

»Keine Ratte ist böse«, sagte die kleine Ratte. Sie war noch sehr jung.

»Aber alle sagen doch, dass die Ratten in den Schatten **gefährlich** sind.«

Die kleine Ratte lächelte. »Komm!«, sagte sie. »Ich zeige dir, was in den Schatten ist.«

Die kleine Ratte ging vor. Und Helena, die das Stoffäffchen hielt, folgte ihr.

Sie gingen zu den hohen Hecken. Und dann gingen sie **IN** die Hecken **HINEIN!**

Helena folgte der kleinen Ratte in die Schatten; genau dorthin, wo die Nacht am dunkelsten war.

Und sie wunderte sich.

Es war gar nicht dunkel in den Schatten, es war hell. Bunte Lampions baumelten in der Dornenhecke. Da waren Girlanden und Musik und Spaghetti mit roter Soße.

Ein Junge mit blondem wuscheligem Haar begrüßte Helena.
»Hallo«, sagte er, »ich bin Timmie.«
»Ich habe von dir gehört«, sagte Helena und wunderte sich wieder.

Sie sah sich um.

Eine **große Ratte** spielte Klavier,
eine **mittelgroße Ratte** spielte Dudelsack
und eine ganz kleine Ratte spielte Flöte.

Es gab Ratten, die Essen servierten, und es gab Ratten, die das Essen aßen (Helena hatte keine Ahnung, WO GENAU das Essen herkam). Es gab Ratten, die Polka tanzten, und es gab Ratten, die Bücher lasen. Es gab lustige, laute, leise, schweigende, ernste Ratten. Sie liefen, sprangen, saßen, hockten, tanzten.

Sie lachten, fiepten, piepsten, trippelten und trappelten, sprangen und sangen.

»Ihr seid ganz anders als die Ratten in den Schatten, von denen die Leute erzählen«, sagte Helena.

Und Chico, das Stoffäffchen, fügte hinzu: »Alle haben Angst vor euch.«

Die kleine Ratte, die kleine Ratte hieß, zupfte an ihren Schnurrhaaren. »Das ist so, weil die Geschichten, die ihr euch erzählt, gar nicht stimmen.«

Helena sah, was sie meinte.

Da waren die Wanderer, die im Wald verschwunden waren.

Und die Kätzchen aus der Stadt. Da war Bradbury, der Hund der Windsors. Und mit Timmie hatte sie ja schon gesprochen.

Da waren aber auch noch andere: Schornsteinfeger, Puppenspieler, Artisten, Schulkinder, Briefträger, Kindergartenkinder, sogar Marionetten – und ganz, ganz viele Erwachsene, die alle einmal Schulkinder oder Kindergartenkinder gewesen waren.

»Es ist schön hier«, sagte Helena.

»Ja, so bunt«, sagte Chico.

»Finden wir auch«, piepste die kleine Ratte.
»Nur manchmal, da haben wir Angst.«

»Wovor denn?«, wollte Helena wissen.

Die kleine runde Nase der kleinen Ratte
wurde ganz blass.

»Wir fürchten uns vor den Gesichtern
in den Lichtern«,

flüsterte sie und sah ganz furchtsam aus.

Helena nickte. Sie wusste, was die
kleine Ratte meinte.

»Ihre Augen sind **pechschwarz**, weil sie
die Schatten stehlen. Ihre Münder
haben **spitze** Zungen, so **rot** wie
Blut. Und sie wispern Dinge, die
wir nicht verstehen.«

Die kleine Ratte schluckte.

»Sie sind **schrecklich** böse. Deshalb haben wir **Angst** vor den Gesichtern
in den Lichtern.«

Helena streichelte die kleine Ratte an der Stelle zwischen den Augen.
»Ihr **müsst** keine Angst haben«, sagte sie.
Ihr Stoffäffchen sah das genauso.

Und dann?

Ja, dann tanzten sie, die ganze Nacht über. Helena und Chico und die kleine Ratte und Timmie und Bradbury-der-Hund-der-Windsors und alle anderen auch. Sie lachten und sangen und fielen irgendwann müde in die Stühle und alle tranken Holunderlimonade aus Flaschen mit Strohhalmen.

Helena war glücklich. Chico auch.

Die Ratten in den Schatten sowieso.

Und als der Tag anbrach, da machten sich Helena und Chico (und all die anderen auch) auf den Weg.

Sie kehrten nach Hause zurück.

Dorthin, wo sie alle lebten.

Zu den Gesichtern in den Lichtern.

Und in den Nächten?
Da hatte niemand mehr Angst
vor den Ratten in den Schatten.
Helena wusste, warum.
Und Chico, ihr Stoffäffchen, wusste es auch.

Ende

Christoph Marzi,

geboren 1970, lebt heute mit seiner Frau und seinen drei Töchtern im Saarland.
Im Alter von 15 Jahren begann er zu schreiben. Sein Romandebüt »Lycidas« avancierte 2004 zu einem Überraschungserfolg; 2005 wurde Christoph Marzi mit dem Deutschen Phantastik Preis ausgezeichnet. Seit 2007 schreibt er mit großem Erfolg Romane für Kinder und Jugendliche.

www.christophmarzi.de
www.marzi-lesen.de

Monika Parciak,

geboren 1976 in Danzig/Polen, arbeitete als Grafikerin in Werbeagenturen und schloss ein Kommunikationsdesign-Studium an der FH Düsseldorf mit den Schwerpunkten Illustration, Editorial und Typografie erfolgreich ab. Sie lebt als freie Designerin und Illustratorin in Neuss.

www.parciak.de